致大山

图\文　杜国玲

文汇出版社

安静些吧，我的心，这
些树都是祈祷者呀

致大山（代序）

杜国玲

走那么远的长路，
只为向你打一声招呼。
虽然素不相识，
心里总觉得和你很熟。

还没见面就怕又是告别，
没想到预感总是成真。
但你我是真的有缘啊，
每一次都胜过人间无数。

那一次白雪覆盖了山冈，
那一次鲜花开满了深谷。
那一次云雾深深细雨蒙蒙，
那一次晴空万里如深邃的翠湖。

这是你给我的礼物啊，
带着上天的祝福。
如今我只能从远方看你，
牵挂　我不在时你与谁共舞？

清晨，由"中国最美乡野"婺源出发，直奔三清山而去。

入山恰逢水洗乾坤，只见千山滴翠，万壑争流，宇宙间一片清脆水声。人与山在这豪雨中，清清灵灵，酣畅淋漓。

不久雨霁放晴，天空成一汪清淡明净的蓝。刚接受过上天之水洗礼的青山翠丽鲜亮，那沉浮于虚空中的奇异山岭，根根林立直指高空，在清虚空涵中若与神会，若与仙合，精气神十足。更远处的怀玉山脉隐约清浅，白日在青云中渗出亮光。

而当百鸟归巢，众山渐幽渐渺之际，又有出乎意料的景象呈现：天空明亮，白日转红，环以淡金薄霓，群仙般拱立于虚空的奇峰，背景由青蓝转妃色，是一种清清淡淡明明净净的浅红，若有若无，似虚似实，极清雅。

道法自然，以天地为师，吾善养吾浩然之气。

在这样的地方，行走，就是目的。

雨中日出，岚气升腾，在山峰的心尖
上游戏。

道教天真世界。一千六百年前道宗葛
洪在此炼丹修仙。

【匡庐极巅汉阳峰】

庐山第一高峰，海拔 1474 米。

很多人一辈子住在庐山里，却从没上过汉阳峰。它是庐山之巅，山势峻拔，形如华盖，山气氤氲变幻，境界迷蒙。

沿一线如丝的细径上山，攀藤拉棘，出没在荒榛野丛之中。上得峰顶，地极狭小，汉王台独坐巅心，据传"月朗风清之夜，可观汉阳灯火"。

时值正午，坐在汉王台，如坐虚空之中。天似穹窿，晴光正好，下视则茂树遮眼，余则冥蒙一片。唯与此山相接又相峙之紫霄峰如大鹏展翅，山沉沉苍酽一色，欲与天齐。

沉静闲坐，无思无欲。哪像是在匡庐极巅呢，不过一土丘，一陋台，满崖阳光而已。但又分明意识到，这里已是山外山，天外天。抵达方知，佳境往往不在高处，而在途中，在心中。

原来如此。

仰天坪

寂谷平衍，状如葫芦。先是低山环绕的宽谷，然后峰岭相夹，越进越细。夹道皆树灌花草，又有池沼如镜。

林中密语。

高顶即汉阳主峰。中午的阳光使得莽苍大山氤氲变幻，气息芬芳，境界迷蒙。

茶园终年云雾笼罩。

山中野菇，亦喜云雾滋润。

天柱山又名潜山、皖山，安徽省简称"皖"由此而来。公元前106年，汉武帝登临天柱山封号"南岳"，至公元589年隋文帝又改封湖南衡山为"南岳"。从此，这座古南岳如高僧遁世，成了真正的"潜山"。

正月初五，沿南线步行上山，一路松翠山清，空气清冽。从三面绝壁的飞来峰远眺，嶙峋奇绝的天柱峰如琉璃玉柱直插云霄，通体石骨如千层石莲之巨蕊，清峭脱尘，独指太虚。周边群山若隐若现，似众星捧月。而天柱峰如定海神针一柱独立，超凡脱俗。

走过又滑又险的神秘谷，在粉妆玉琢的群山中央，一个冰冻的发着银灰光泽的高原大湖出现在眼前，玉鉴琼田，鸥鸟翻飞，整个画面冰清玉洁，让人神清气爽，叹为观止。

在这大自然的鬼斧神工中畅游，不知不觉便臻于超凡脱尘、物我两忘之境。此后无论何时，只要一想到那个严冬中高洁的天柱峰，就有一种无法言说的满足与快乐。所谓"忘足，履之适；忘要，带之适；知忘是非，心之适"，不过于此吧？

天柱峰炼丹湖，在粉妆玉琢的群山中央冰冻着发着银灰光泽，东汉左慈在此得道。

皖中隐者天柱山

上侵云气，下固穷泉。瑰奇秀丽，
不可名状。仙迹圣化，载诸典籍。

长长的山路仍在无尽延伸，脚步却由最先的沉重变得愈来愈轻快。我知道，在万佛山的群山里，攀登的感觉又回来了。

【登上万佛，实乃万福】

安徽舒城西南，形似万佛拜祖之景观。

早春三月，到处是重重叠叠的飞瀑流泉，秀水碧潭，山林因水汽的浸润而苍翠湿润；山间又多奇石怪松，竹海林涛不断。

沿一线天梯登上绝崖壁立，巨壑幽深的老佛岭，一幅蓬莱仙境图在虚空下徐徐展开。大气如海，众山似岛，那些远离尘世的群山，高峻而雄浑，如众神默然环立，悲悯地俯视众生。那空寂与邈远，有一种超然物外的原始与质朴，还有一种特殊的凝重与安详。

鳌鱼吸水，怪石嶙峋，
飞瀑成潭。

览秀亭小坐，妙笔生花。

在春寒料峭中不断地上山下山，脚步由最先的沉重变得愈来愈轻快 —— 在万佛山的群山里，攀登的感觉又回来了。

凡事尽吾志，敬始而善终。每一次的进入，都是为了更好地出来。这一过程，是精神充电的过程，更是，走入心灵空间的过程。

老佛岭，岭侧漫延而出又一小山头，那里有座
自生石碑，古拙幽静。

松树对山的情谊，只有山知道。

登上万佛，实乃万福

【雪中再登天柱】

玉树琼枝，山谷更显神秘。

像透明的琉璃艺术制品竖立在雪谷黑崖之上，让人忍不住看一眼，再看一眼。

雪在风的微笑里行走，满心的期待。

重上天柱山，是数年之后的一个严冬。

一切如此熟悉，亲切，一览无余。远山如涛层层叠叠，神龙见首不见尾般浮游于太虚之境。无边清气涵孕天地精华，高洁毓秀如斯，让人眼界大开。

在这人迹罕至的雪后寒山，正好任我独坐峰顶与琼楼玉宇相对，群峦冰清玉洁，天地空明澄净。当此时也，人居千山之巅，身如芥粒，心似飞鸿，瞬间地角天涯，又了无踪迹可寻。

犹如三祖僧璨所言：一切不留，无可记忆。

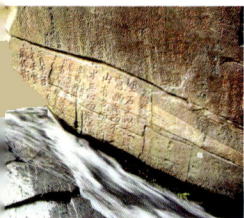

【又见山谷流泉】

天柱山山谷寺之西。

流泉就在天柱山脚三祖寺左侧的山谷之中。

此处群峰簇拥，谷抱溪出。两岸曲折数里，古木长藤，参差披拂。岸边石壁谷底，石刻满布。虽历经岁月沧桑，仍有不少石刻清晰可辨。因酷爱此地而自号山谷道人的北宋诗人黄庭坚的"司命无心播物，祖师有记传衣。白云横而不度，高鸟倦而犹飞"，意味隽永。

山谷流泉，清韵悠悠。不是《阳关三叠》的苍凉，也非《广陵散》的悲怨，而是俞伯牙与钟子期的《高山流水》，数千年音韵不绝如缕，诉不尽的山高，吟不断的水长……

时光中，很多石刻正在消失，但仍有不少至今清
晰可辨。

山谷流泉，守护着三祖寺。

佛、法、僧为"皈依三宝"之"三宝"。当年二
祖器重三祖，说，吾宝也，宜名僧璨。

【山色无非清净身】

山中刚入初春，一路连绵不绝，世外桃源般清丽脱俗的画图，令人耳目清亮，心情愉悦。

此山为禅宗二祖慧可修行成正果之地，赵朴初题"禅宗第一山"。东面高逾千丈的"七级浮屠"绝壁苍茫卒律，望之如屏；西南面天然壁画奇观达摩"一苇渡江"图神韵灵动，清秀绝伦。迤东绕北，移步换景，可谓袖里乾坤，壶中日月。

及至登上巨笔擎天的司空山巅，目揽天地壮观，思承千载悠悠，山色氤氲灵动，胜景层列，美不胜收。杜甫诗云："司空斜插一枝峰，压倒群山万千重。借问仙家何处有？鸡鸣犬吠白云中。"

静坐传衣石上，山林寂静，时光屏息，似乎都在聆听祖师与僧璨的上智之语。当彼之时，万缘放下，一念不生。青青翠竹皆为法身，郁郁黄花无非般若。

想起苏轼说，"山色无非清净身"，不由微笑。

在一望无际的平原上行驶，司空
山永远是最美的背景

致大山

号称"七级浮屠"的排天巨擘，通体如铜浇铁铸，却又层叠缠绕着由绿色植物形成的六道翠带，宛如亮丽绵软的腰带，与崖岩明暗相生，刚柔相济。

山色无非清净身

黄梅地处大别山主脉东南，自古有佛地仙乡之称。其中，四祖道信建双峰山幽居寺，即今西山四祖寺；五祖弘忍建黄梅东禅寺及冯茂山真惠禅寺，即今东山五祖寺。在中国禅宗史上，素有"天下大事问黄梅"一说。

四祖寺历时一千三百余年，除新殿广庭之侧，四祖手植一松仍亭亭玉立，那球形树冠越千百年仍墨绿如新，余则旧迹难觅。寺前青青田畴之间，竟有一座古老的廊桥，其精巧的徽派建筑风格与"花桥"之命名十分吻合。桥下清溪长流，两侧石滩布满古代刻字印迹。

五祖寺是弘忍大师说法道场，也是六祖慧能大师得衣之地。当年五祖于山中授法洞遗巨手印仍清晰可辨，六祖舂米所用之"坠腰石"则至今尚存碓臼。

自禅宗始祖于嵩山、二祖于司空山、三祖于天柱山、四祖于双峰山，乃至五祖经六祖大开东山法门，山林功莫大焉 —— 果然是"栖神幽谷，道树花开"啊！

廊桥下干石滩，石头上有很多刻字，都是古迹。有石平坦，
便成了农人晾晒笋干的天然平台。一位老妈妈见我盯着乱
石滩边有字迹的石壁瞅，忙拿了一把小扫帚将摊晾在诗石
上的笋丝收拢了装进小篮里。

东山授法洞

"一花开五叶",上接达摩一脉,下传能秀两家

洞内暗得无法辨辨,仰头细察,方见洞顶之上有用白色勾勒出的手掌轮廓,五指伸展,是只巨手印。

无论这个世界如何变化，那会心的微笑不
变，就在那里，微笑

致大山

【山河大地真干净】

一花一叶一世界，随缘，无忧。

从大别山深处最幽美清静的地方归来，那里是禅的故乡。天柱山的神奇空灵，万佛山的雄伟宽阔，司空山的昂首天外，东、西山的从容、舒缓与柔绵，总让人体会禅意无限。那是一种生命感悟、审美情趣和艺术世界，在那里无心才是真心，一切顺其自然。荡荡无碍，任意纵横。行住坐卧，触目随缘，快乐无忧。这是一种超越自我和回归自我的历程，由内心遍及一花一叶一世界。

一股清新自在，充满情趣活泼的生命之泉在山川大地汩汩流淌，甘霖般滋润与灌溉了一切有情与无情。无论这个世界如何变化，那会心的微笑不变。就在那里，微笑。

僧问：如何是心相？
师（法演）：山河大地。
问：如何是心体？
师曰：汝唤什么作山河大地？

此刻一场好雨，正将这片山川大地洗净。

终南山悠然静卧于秦岭之中。

初春的终南山如出水芙蓉，淡翠色的云雾轻笼，旖旎如画屏。上行至浅碧淡绿的楼观台，老子撰写和传授《道德经》的地方。远近青山成了朦胧含蓄的背景，唯独西边那个山头红花绿叶亮得分明。有人在山顶耕作，只比陶渊明笔下的世外桃源少了几户庄户人家的点缀。四周有种说不出的天机潇洒，平和冲淡之妙。那幅"农人牧牛图"，颇有日出而作，日落而息，逍遥于天地四时氤氲弥漫之间而心意自得之古风。

而秋季的一个傍晚，我看到的终南山是一幅"秋山如醉图"。呈奇特白色裂纹的高山石崖间，很多植物的叶子开始发红，山谷里，暮霭中，一些高大的银杏树在绿围中晕染出黄亮的雾团。夕阳映照的悬崖边，簇簇红叶像怒放的花丛，蜡花一般，殷红而透亮。秋山如妆，信然。满山的石海之涛，则如房如盖如硕丘。

难怪孟郊游终南山，要说"南山塞天地，日月石上生"呢。

西楼观台建于大陵山顶，前有观，后有洞，洞旁有古树。洞名"吾老洞"，据说暗通四川青城山，老子在此洞静修，曾从洞中暗道前往青城山修行。

天机潇洒。不争，谦恭，涵养，低位。

远远望去，那群山中的最高峰最奇特，巅顶前方有一巨石矗立其上，如身姿修长着宽袍之人，正仰观天宇，称为太乙观星石。

【太白与我语】

陕西眉县境内，为秦岭主峰，华夏龙脉所系。

威武高山之巅，一个巨大的地质奇观正在展现：通体黑灰色的大山横空斜立，把虚空挤占大半。待走到近处，才见到处是石河、石海、石阵、石坡、石滩，寸草不生，乌砾遍地，如火山喷发后凝固的黑色余烬。

这是保存最完整的第四纪冰川遗迹。

山体如锥，刀削般斜站成一道绵长的巨墙，似在作巨大的弧线运动，在异常宏阔的空间内形成一个微笑曲线。

"举手可近月，前行若无山"，李白当年登太白，所见大约也就是这个样子吧。

真想立即沿这道微笑曲线往下走，涉过黑色浪涛般的石海，抵达对面另一个上扬的终点。那里有六个冰斗湖分布其间，那些湖如琉璃宝镜静卧于全无生命迹象的冰碛石滩，拒绝与人亲近，只在高绝空绝之处，与山相伴，与天相望，孤傲神秘，美得不动声色。

这里是"中国南北分界岭，秦岭主峰太白山"之巅。

前后左右都是庞然大山的巨大切面，如巨屏横空将天地充塞，虚空被挤成一丝隙缝。色彩也奇异：山之阳如黑瀑闪光，山之阴则白雪皑皑。

我站在天际线上了。

山道螺旋般盘曲。

太白山的得名，字面之意是一座高大的白色之山，也是太白金星之色，更令人想起诗人李白以及他的诗句："太白与我语，为我开天关。"

【天明山可明心】

宁海县境内，传葛玄炼丹处。

之所以称天明山，是因天台和四明在此交会的缘故吧。

这是一片绵连起伏的优美山林，山高均等，"峰峦累累如贯珠"，若众仙迎朝露，呼紫气，吐云纳雾。

在这个湿润的冬日，没有一丝寒风的山谷宁馨而微温。走出屋子，置身天光之下，感受清冽的空气像水般浸润四周。森林使山变得毛茸茸的。附近有一片湖水。沿湖漫步，交融于山气水汽之中，若脱胎换骨一般。

很珍惜这样的独处。

一人沿峡间湖边的木栈小道走，如鱼儿在纯净的水中畅游。

天明山可明心

"峰峦累累如贯珠，凡三十有
六折，葛玄炼丹处也。"

【峡谷原是神仙谷】

宁海浙东大峡谷，徐霞客万里征程首发地。

山是活的。峡谷是山海相连的主动脉，溪水奔流，洁净清纯。天合之心，灵气所在。云青青兮欲雨，水澹澹兮生烟。

读徐霞客《溯江纪源》，这里，就是万里山岳界水而止的东南大结局。他的万里壮行是从这里起步的。

一路行去，蕴蓄内敛的淡彩白溪，清水漫溢的"月亮谷"，隐于山间峭壁的葛洪炼丹洞，神秘幽邃的"小桐庐"……面对纷至沓来、应接不暇的神踪仙迹，心却如一口井，只是映现。虽无波澜，但天光云影纤毫毕现。

归来与去时虽为同一人，心境却大不同。如原先静室虚境，现已钟磬幽鸣，天花徐降，但又都在幽深处，都在无声无形中渐渐隐去。

傍晚在海边，整个强蛟群岛半浸半浮在宁波湾里。对面是象山，侧面是四明群山，与临海的天台诸山遥相呼应，犹如墨色莲瓣围绕水之四周，感觉如置身木刻般的蓬莱仙境。

　　天呈浅灰色，静浮于海上的群山呈深黛色，凝固如版画一般。我刚从其中的一条幽深峡谷中来。

愈往里走，两侧高崖的丹霞地貌特征愈明显，大量赤壁赤岩。

白溪

月亮谷

前童古村

峡谷原是神仙谷

有水的地方，就可以独坐，
就可以想象，就可以相思。

致大山

【吴地镇山数穹窿】

对于平均海拔只有3.5至5米的姑苏而言，穹窿山可谓吴地之镇山，『盆盎太湖，儿孙众岭』。

这是一座智慧的山

穹窿山绵延苏州城西藏书、光福、胥口三个乡镇，高峰"开如钗股"，分别为大茅峰、二茅峰、三茅峰。主峰大茅峰蜿蜒数十里，东抵青峰、乌龙，西峙凤凰、玄墓，北控灵岩、天平、贺九，南临太湖。

此山先与道教结缘，至今有"炼丹台"与"升仙台"，传说是赤松子、张良炼丹成仙之地。西汉望族的咸阳茅氏三兄弟也曾在此结庐修道，至清朝修葺扩建为上真观。又有老僧密林静坐，结庐其间，故名宁邦寺。东南坡的茅蓬坞更是林木茂盛，为孙武隐居和撰写《孙子兵法》之处。

沿着隐于山坞间的御道迂曲攀登至山巅，穹窿群山如绿色巨蟒逶迤十多里，与万顷太湖相伴。极目往西，又有大片山岭柔波起伏，分不清如墨群山载浮载沉其间的，究竟是水是云还是雾。只觉有股清俊秀逸之气流溢于天地，柔缓空灵，如巨幅米芾山水长卷。

清幽如水，浸透骨髓

翻云覆雨，转身已过千年。

光福司徒庙

【山水盛宴心犹醉】

光福的山水，苏州最西头伸入太湖之中的群山。

江南无此梅，草木哪知春。

　　于光福西碛铜井之上四望，群山皆伏其下，绿流翠波舒缓律动：虎山，吴王阖闾养虎之地，后发现中有春秋古墓，疑为阖闾安葬之地；与虎山隔崦湖相望的龟山，汉顾融曾隐此，为顾氏家山，至十四孙南朝黄门寺郎顾王，舍宅为寺，名光福寺，此山名光福山。光福探梅最佳处的香雪海，在与铜井山并峙的吾家山，山下有司徒庙，庙中仍存相传东汉邓禹手植的"清、奇、古、怪"古柏四株；西北的安山，上有钱王庙，子孙世守其祀，也似著名古战场，至今流传岳飞抗金的佳话；安山北面的游湖，因吴王夫差常携西施泛舟湖上得名；铜井旁的玄墓山，山之腹有圣恩寺，始建于唐，中兴于元，经万峰和尚三十年努力而成江南名刹……还有哪座山没有故事？古老的中国就这般地久天长而又青翠欲滴。

　　2006 年岁末这个周日中午，我在光福名山之巅，面前是苏州最西端伸入太湖的最后一片山川大地，也是苏州迄

邓尉香雪海

今保存最完好最自然的一处大山水盆景。在和煦冬阳辉照之下，群山如鲜花盛开，不是牡丹，不是芍药，而是朵朵青莲。我看着它们从万顷银波中冉冉升起，凝固成眼前这片如画的山水。

这是山水的盛宴。

【石如雁行，其色苍然】

我去时，雁苍山还是一座标准的"野山"。

上山只一条碎渣古道在冬日的树丛和灌丛中隐现。野草高大，一蓬蓬黄色茅草健硕张扬，在阳光下金黄闪亮，使山路成为"高墙"间的"细巷"。

再往上更是野树与灌木的天下了，根本没有正经的路。在老汉挥舞的柴刀下，项羽的试剑石、仙人脚印一一凸现。半里开外迎面陡起"响钹岩"，因一侧巨石多玲珑洞穴，两列相交形似大雁列队，早晚时能发出鼓钹之音的回声而得名。旧志有言"石如雁行，其色苍然"，故名"雁苍"——雁苍山的来历应在此处。

手脚并用攀上孤岩矗立，通体无一丝草叶的主峰——天冠峰，周遭环山连绵舒缓宽泛稳健，绿衣包裹。只是因岩体

极陡直，下去时只能返身倒着走，把树根、灌草、稀疏的小树当做"救命稻草"防止滑坠。

　　意犹未尽，但是不得不留待下次再来了。所谓来也去也，方便自如；始也终也，何必执著。

生如夏花之绚烂，死如秋叶之静美。

古人有"雁苍看返照，古壁尽垂梦"之句，可能是冬季，并无藤萝，但壁面有一条条深深的凹痕，又因风蚀水浸斑斑，遂成一幅天然高古的画屏。

老汉突然站住脚，手指一处石崖说，这是项羽试剑石。果见一崖中断，势如刀劈。

石如雁行，其色苍然

【天界原非人世间】

张家界永定区内，古称云梦山、嵩梁山。

三国时，原名嵩梁山的千米峭壁突然轰然洞开，云雾滚滚，宛若通天大门，天下罕见。

从高天往下俯瞰，那通天大道如飞龙作无尽盘旋，直达天梯之前。

"天门中断楚江开，碧水东流至此回。"此为诗仙李白《望天门山》中对这处玄妙圣境的描述。

上至海拔一千五百米的最高峰，犹如进入天界。下方众山如笋丛，一色青灰幽冷的岩体让人顿生无依无靠无根无底的感觉。

孤峰高耸的山巅凌空独尊。空气寒冽，云雾半合，灰白云雾间有几道青灰峰峦隐现，淡极清极。远离了尘世，犹如于九霄云外遥望，眼前只有缥缈宏阔的天国景象，巍峨峻拔的奇峰在云天雾海中载沉载浮。

从这高耸入云的天界俯瞰，倏然间理解了李贺的《梦天》境界：瞬间便是千年，长天大地不过尘烟几缕，浩瀚大海也仅杯中之水。

在光雾终年氤氲蒸腾的天门洞内驻留，抬足似生雾，迈步如踏云。归时回望，洞中白光喷涌而出，上接天穹，气冲斗汉，蕴藏天地无穷玄机。

"起舞弄清影，何似在人间"，极地原是非人间。

刘禹锡故居，大名鼎鼎的陋室。

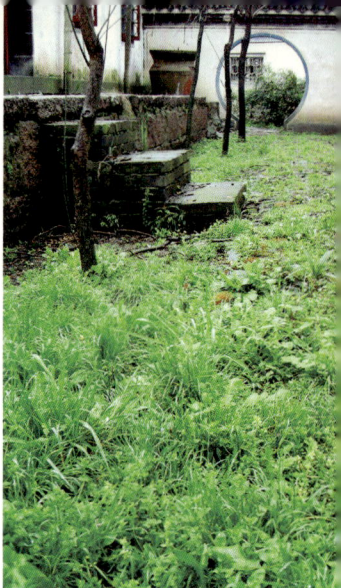

苔痕上阶绿，草色入帘青。

【褒禅山，乌江边】

褒禅山旧名花山，因唐贞观年间高僧慧褒禅师卒葬于此而得名，山中褒禅寺内有慧褒和尚五色舍利塔。

沿寺旁小路下到谷底，赫然便见当年王安石游历的华阳洞。洞口奇异，全由天然团石相撑而成，色如矿墨，又微泛锈红。更奇异的是，漫山遍野都是从累累石缝中逸出的铁丝般的枝干，虽在冬日无绿，却觉支支劲拔。

行走在当年王安石仅借火把探路的洞中，前洞石影幢幢，流泉淙淙，后洞摩崖精巧，移步换景。依稀仿佛之际，古人手中的火把将红光与身影叠印在了洞壁之上，你似乎尾随他们，又似乎厕身其间，与他们同喜同乐。

褒禅山出来，在霸王别姬的乌江边不远处的小县城里，

山不在高。

往来无白丁。

可见刘禹锡故居，是后人参照当地民居格式在原址上重建的，素朴而温馨。

此处背依一丘小山，面对一勺浅池。

穿行于逼仄的旧屋与天井间，会随即想起：斯是陋室，唯吾独馨。

走在野草与绿苔相拥的小径，能体会主人的怡然自得是多么不可掩饰啊，往来无白丁，谈笑有鸿儒。

山不在高，水不在深，此之谓也。

抵达山脚窝，就见华阳洞。

褒禅山，乌江边

"其下平旷，有泉侧出，而记游者
甚众，所谓前洞也。"（王安石）

褒禅山

山径已经迷乱，记得曾经路过
你的屋前，你在屋里坐着么？

雨后，逶迤山路一转弯处。前方突然有明亮的阳光从高空射下，拔地而起的巨竹碧绿脆亮，像无数擎天柱般的大理石柱，只是纤细、灵秀，如一幅静谧美丽而又神秘的图画。

上得峰顶，循着依稀有人踩过的痕迹，拨开重重杂树沿悬崖往后山寻至老和尚坐关处，是一高耸的石崖。站在崖前举目四顾，正是细雨初歇，满谷白雾升腾之时，层峦叠翠，空山幽冥，迷蒙寂静中似有无尽禅意。

静静地站一会，和无言的山谷相对凝视，我看他，他也在看我，就像当年他与老和尚对看。

嗨，你好！心里无由地笑了。

密密竹林碧绿翠亮。

上庵遗址。

山花夹道。

步上龙池山。

禹门祖塔。

终于在一个冬日里看到了"华山如立，中岳如卧"的嵩山。万千气势直面扑来，难以抵挡。

走在起伏不定的山道上，总感觉走进了历史中的某个片段。

遇"韩愈洞"，韩退之的诗文，就像眼前水落石出般的冬景，还有武则天的"登封坛"和"大周升中述志碑"。公元696年，武则天在此封禅时，已是七十三岁的老人。关于她的封禅礼仪，无论是《旧唐书》、《新唐书》还是《资治通鉴》之类，都语焉不详 —— 也许天

嵩山主峰太室山，坦卧蓝天下。

机不可泄露吧。

相传，禅宗始祖菩提达摩"一苇渡江"，就在这个山中少林寺面壁九年，终日默默无语，世称"壁观婆罗门"。

太室山的主峰名峻极峰，最潇洒的要数那个风流皇帝乾隆，当年登顶一览众山小，诗云：

嵩山好景几千秋，云雨自飞水自流。

远观南海三千里，近望西湖八百州。

万里长江飘玉带，一轮明月滚绣球。

好景一时观不尽，天生有分再来游。

达摩面壁图。

山间谷地青翠幽静。

南方的阳光灿烂明亮，一进山却是绿荫世界。密不透光的树林里，每棵树都是湿漉漉的，枝干长满绿色苔藓。

"拈花微笑"一词，其主角是释迦牟尼大弟子迦叶。与五台、峨眉、九华、普陀中国四大佛教名山齐名的鸡足山，便是迦叶的讲经道场。

似一位进入永恒寂静的觉悟者，鸡足山数千年淡然独坐，静观沧桑。主峰天柱峰南侧的灵迹"华首门"巍然耸立，呵护着迦叶守衣入定；半山腰的虚云禅寺白云悠悠，青山隐隐。

走在一道连绵高山的边缘，下临巨大的盆地，深谷里的树木因距离的远近高下和光照的角度在变幻色彩。非看非听，若有所悟的是心

沿石阶上行入虚云寺，独自站在寂静的小院，仰望佛殿后的蓝天和群峰。大殿檐角悬垂的风铃寂然不动。

就这么一仰头，人便没了，只无边虚空和青葱山脉。四角的风铃像在阳光中融化，生发出一种银白光晕。在一片虚静与寂光中，白云悠悠，无挂无碍，中有大光明大快乐大安宁。

山巅，一座黄灿灿的金殿在白塔下锃亮发光。

山间，虚云禅寺白云悠悠，无挂无碍。

【迷失在莫尔道嘎】

莫尔道嘎，大兴安岭的西麓腹地，南邻呼伦贝尔大草原。

我正在走向古代游牧民族的历史摇篮中。

看，白云在蓝色天幕下跳探戈呢！

致大山

有幸到过"中国最美的夏天"——呼伦贝尔大草原。

一个纯绿色的世界，无论原野还是山丘，全用一层新绿给包裹了起来。湛蓝的天空如巨大穹顶与绿原相接。云朵白亮如各种不同形状的棉絮，铺满了天空。广阔视野中，只三种颜色：蓝天、白云、绿野。草色青青的大地，时常出现大片白色或黄色的野花，像悬浮在低空静止的白云，或钉子般吸住花蕊的蝴蝶，和绿草一起组成阳光下图案最完美，色彩最协调的大地毯。

看着它们，人会不知不觉屏住呼吸。

高原的尽头是大兴安岭的莫尔道嘎，此时，宁静、清新如出浴的婴儿。雨后复斜阳，一切安详而美好。空气散发着浓烈芳香，小径在丛林中蜿蜒环绕，树影与光影交织于路面，有缕缕水雾在阳光中升腾。没有过去，没有未来，只有此刻。

是的，只有此刻，我和这山同在，感觉鲜活和真实。

致大山

阳光穿透林间，一群一群的花从无人知道的地方跑出来，在绿原上快乐起舞。

迷失在莫尔道嘎

【明净的大兴安岭】

大兴安岭，北起黑龙江畔，南至西拉木伦河上游谷地。

很多年夏季不见这么大的雨了——刚到大兴安岭，发现当地人欣喜不已。

天地沐浴在纯净的雨水中，出奇地纯净。

这是一个澄澈与幽绿的国度。

到处像注着一层清水似的，墨绿群山平展展地向左右拉长身体，在山的绿色皱褶里，白雾正在袅袅升起，一会儿又消失了，群山也由暗蓝向墨色隐去。

天空、山峦、树林和湿地，全都澄澈透明。望着它们，觉得整个宇宙似在展现一个巨大而神秘的笑靥。是的，这微笑无处不在，万物都在欢欣之中。

傍晚，原本应该仍然明亮的天空此刻正在聚集阴云，大河与群山的色泽也变得凝重，一场大雨就在眼前。

　　骤雨初停，下过雨的路面时而又有阳光斜照。人像浸泡在清凉芳香的空气浴之中，走着走着，会忍不住在无人的山道上奔跑一阵，双臂不知不觉展开，如鸟儿一般。

　　清风被搅动，绿色山林相伴起舞。

　　现在请把我渴望的心灵带到那些山林中，带到那些绿野上去吧。

骤雨初歇，阳光瞬间破云而出，
将我仰望她的投影定格在了绿
色原野上。

【九月入千山】

辽宁鞍山市东南，999座山峰，故名。

对山人惊动。

早在一千四百年前的北魏时期，千山就有佛徒的踪迹，清代，则道教进入，形成佛道相谐共荣的局面。现在还有七寺、十二观、九宫、十庵与山景融为一体，大多集聚在山北。

放弃香火鼎盛游人如织的北线，选择静谧安宁人迹稀少的南线上山。无处不在的树叶在身畔，在头顶，在周围的山谷里如花盛开。这叶是树永恒的花，它们在春萌芽，在夏铺陈，在秋荼蘼，在冬修藏，循序往复。

四季如人生。

九月入千山，在香岩寺下院巧遇本愿老和尚。

那天黄昏，夕阳也不肯早早下山。我再回首凝视眼前的一切，夕阳流蜜，青纱帐的穗梢闪现透明的乳黄。身后的远方，正溶进天光暮霭的山影之上，香岩寺下院那小小的轮廓仍依稀可辨。

香岩寺上院，由此可上巅顶仙人台。

仙人台。峰若蛇背，长二十余米，宽十米，于西端悬崖边缘又竖起一座高耸的石柱，状若昂起的鳌头，似正引颈眺望低伏其下的连绵群山。

再晚来一个多月，这山就成花的了。树叶转色，比花的颜色还要好看。

【秋水长天萨尔浒】

辽宁抚顺东郊，萨尔浒为满语，意木橱。

萨尔浒是山与水的杰作，不到这里，想象不出它的俊美。

傍晚的山道阴凉清静，夕阳依然灿烂，湖水在林间金光闪烁。在临湖浸水的湿地上，秋日的灌丛发黄，洋溢着一片暖洋洋的气氛，簇簇白色的芦花如凤尾低垂，在夕阳熏染的暖黄之中，芦花愈发白得透亮。

这里曾经进行过的一场著名的大战，拉开了这个游牧民族入主中原的序幕。从这里，努尔哈赤跨出了迈向燕山脚下金銮殿的脚步。

而今，努尔哈赤隐身在这片空境中，也坚守在决定其命运的转折点上，所有的辉煌与野心都如潮水般退去，现今一切多么幽静安详啊。

曾经的辉煌和野心，已经潮水般退去，多么空阔、安详和秀丽……

返回途中，夕阳燃起半边天的火烧云，初显纯黄与银白，渐至嫣红和金黄，最后则在深蓝的天幕上呈现金碧辉煌。高空无数的云彩都被镶上了金色的边。

天地有大美，几人能细看？

轰轰烈烈的历史瞬间凝固。

龙岗虬根。

龙岗为辽宁最高峰，系长白山支脉。五女山位于桓仁，为高丽民族开国都城。

崇高之山总在悠远处，龙岗山也如此。脉从长白山来，绵亘千里，其主峰深藏不露，匿于群山垂帷之后。

无论阴晴寒暑，或白雪皑皑，或清雨霏蒙，或赤日炎光，只要立于绝顶，在全方位大幅度的视野内，众山顿呈全像。如水之兴澜，龙之盘旋，纵横起伏中蕴含沛然不可遏止的元气。

这才是山的本真啊，全神贯注，血脉调畅，于空灵骀荡，简约旷达中有无限意、无限趣、无限放逸与无限欢欣。

五女山则像极了南美的桌山，似一块切割得整整齐齐的黑色巨碑倒卧在高地上。

这里群山环绕，绿色萦晕，山崖峻秀，松枫互映。立于顶峰崖边太极亭俯瞰西南，北来的哈达河之水与东西流的浑江相汇，两条曲线组成一幅惟妙惟肖的太极图形。

远方，桓龙湖碧波万顷，烟波浩渺，青黛群山沉浮其中，是一幅充塞天地的水墨丹青大画卷。

致大山

桓龙湖碧波万顷，烟波浩渺。
蜿蜒于五女山下。

龙岗深山，万紫千红逶迤铺陈。

雪原在下，夜天在上，中间极远极小又极聚焦的，只有那灰白色的小圆顶，因了树阵的特殊效果。

一直视南京为第二故乡，这和紫金山是分不开的。那些年我把脚印频繁地留在了这座山上。

记得有一晚在林间缓缓行驶。摇开车窗，夜雨中的山林之气一下涌了进来。这天地毓秀之气湿润、清凉、纯净，两侧的大法桐健壮，自在，姿态优雅，在幽暗的山林中欲隐又露，像古老而经典的油画。地面丝丝缕缕升腾的白雾，又在林间袅袅娜娜地弥漫。我从没见过如此景象，仿佛偶然闯进另一境界，瞥见古老山林正在天地间进行一场神秘的仪式和无声的狂欢。

走在松风桐林道中，思绪亦如树影明灭。初觉山谷空涵，安详宁馨，又觉空谷不空，多少历史人物往来于中，好像还很拥挤，但终归于空寂，山林依旧一片宁静。

紫金山东面的青林冈山坞里是国民革命阵亡将士之墓，还有灵谷寺和志公墓（志公，就是民间的济公）。环境清幽。奇特的是某年的一个雪夜，翻山误入青林冈，在能见度几乎为零，只靠黑夜雪地微弱的反光跋涉，没有任何标记，也没刻意寻觅的情况下，居然也能不偏不倚地站在志公墓的中轴线上！雪原在下，夜天在上，中间极远极小又极聚焦的，只有那灰白色的小圆顶，因了树阵的特殊效果。

　　天地无言而有大美。无色无声无光中有一种大隐忍和大袒露。

　　那日傍晚本没打算上山的，因在病中。不知不觉踏上山径，进入深山，才惊觉天黑了，雪山茫茫，巨树如盖。上山的过程，没有目的，不存思虑，脱却喜怒哀乐，也无身体的拖累——也许，人的精神同灵魂总要根植在自然的山水间，才会变得健康美丽而出奇的吧。

在冰雪铺垫的山道上踽踽独行，没有
思虑，不觉辛苦，如此轻松又如此平
静，不知不觉就上去了。身后，山径
漫漫，雪痕暗亮。

天地全体都在静观中，还有似乎远在
地平线的志公墓。

【牛头岂止可踏青】

南京中华门外 13 公里处，南京人称牛首山。

冬末，在牛头山密密的草墙中穿行，已经可以看到星星点点的新芽正从深眠了一冬的枯褐枝条中冒出。上得高处放眼一望，淡淡绿烟轻絮般飘浮山间，犹如清晨第一缕韶光初动，又如晶莹闪烁的翠微朝露，让人不禁在这荒野坡无人境欢喜赞叹，为这满山氤晕轻烟薄雾般的新绿。

早春，山径沿途青草如墙，嫩翠可喜，空气清新并带野草的清香。偶有飞鸟掠过，无一丝人影。全山只有茂密的草木，全在抽枝发芽，全是绿色眷属。

从深深浅浅的绿里，渗出层层叠叠的静来。

唐贞观年间，禅宗五祖弘忍曾对四祖道信说："师之法，旁出一枝，相踵六世。"这"旁出一枝"，指的就是牛头山上的法融禅师。他创立了以此山命名的"牛头

道信和法融的山。

宗"，佛书称之为"江表牛头"。

　　知道了这段历史，原本印象中青绿的春山，又变成了道信和法融的山。虽然早已人去山空，但禅宗四祖去过，牛头教创始人待过的山，毕竟有些非同寻常。

牛头山上唐塔。唐大历九年（公元774年）代宗
李豫"感梦"在此山顶建造一座七级浮屠，因原
有寺名宏觉寺，塔亦同名。

法融禅师：菩提本有，不须用守；烦恼本无，不须用除。

山坳有"兜率寺"，园霖老和尚在此静修数十年。"兜率"两字出自佛经"兜率天"，意译为知足、喜足。

机缘巧合，访山见了园霖法师两面。他早年行脚大江南北，晚年长驻老山狮子岭，书画俱佳，寺内各壁画、图像及楹联匾额，均为老和尚所书。我在狮子岭山头之上见新建成的宝塔上题"慈云塔"三字，也是园霖手迹，墨墨黑的楷书，十分端方。

最后一面作别时，老和尚站在廊下作揖相送。一缕阳光透过廊前绿叶直射到他身上，一袭长长的黄袍，青头搭披肩的老人鹤须童颜。周围簇拥的人瞬间褪为虚化的背景，只有沐浴在光明中的老人家形象清晰，色彩鲜亮，一侧的绿叶饱满而晶亮。

这画面和幽静的无围墙寺庙、俊秀的狮子岭交叠在了一起，它们也都是背景，只黄袍老人和绿叶浮雕般凸现。

很奇妙，至今历历在目。

没有他的那座山，我不会再
去了，从此化为留在心底的
一抹黛青。

我一直在回味与灵山之巅相逢的那一刻。那是多么奇异的场景啊，瞬间光全隐没了，主峰木刻般屹立在庄严肃穆的天地间。我知道这片高地在别的季节里是绿洲，而现在它们是荒原。

我当然喜欢它青春的容颜，但更与洗尽铅华后的它有一种深深的默契。这是它的本真，坦坦荡荡地呈现在天底下，除了黄褐没有其他色彩；但我知道，唯有此时此刻它在全身心真诚地迎接我一个人的到来。

我纯粹地走向它，感受到它静默而庄严的接纳。

我走向它，静听风在
林间细语

【京西群山，各尽天然】

京西之山，统称西山。

　　翻开地图，群山一一前来报到：万寿山、玉泉山、百望山、香山、阳台山、凤凰岭……那海蓝海蓝的天空和湛蓝背景下的洁白群山，让人眼光清澈，心明如镜，感受到从未有过的畅快。

　　古道悠长，心境坦荡。须知水声山色，鸟语花香，原与人事无涉，各尽天然而已。切莫为人生短暂生命脆弱伤悲，更不必为功名利禄荣辱得失萦怀，山让人体会本性自然的异趣。

　　每一次的进山，心胸都随视野无限扩展，一次又一次收获巨大的宁静和安详。从来没有像现在感到脚踩的泥土是如此亲切如此踏实，也从来没有像现在这样感到头顶的天空是如此澄明如此接近。

走那么远的路，

只为向你打一声招呼。

虽然素不相识，

心里总觉得和你很熟。

还没见面就怕又是告别，

没想到预感总是成真。

但你我是真的有缘啊，

每一次都胜过人间无数。

那一次白雪覆盖了山冈，

那一次鲜花开满了深谷，

那一次云雾深深细雨蒙蒙，

那一次晴空万里如深邃的翠湖。

这是你给我的礼物啊，

带着上天的祝福。

如今我只能从远方看你，

牵挂 我不在时你与谁共舞？

京西群山，各尽天然

伸向无尽远方的山间小路对人
产生极大的诱惑。

凤凰岭

山愿为一朵云，云愿为一座山。

致大山

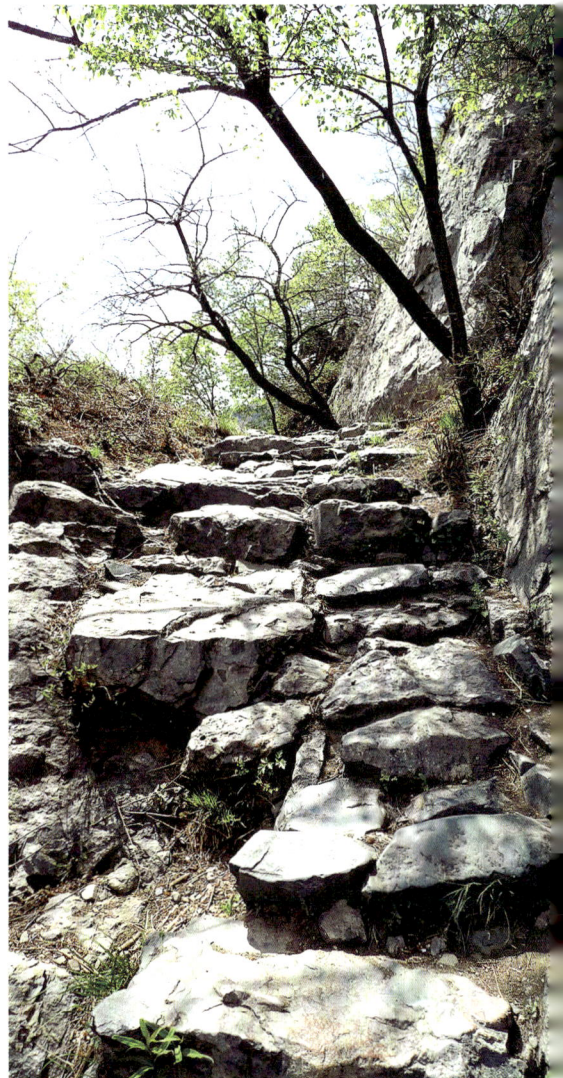

京西群山，各尽天然

古道石阶漫漫，高而不危，引人
翻山越岭。

总感觉天地之间，有一种不知名的东西，正进行着我们不知道的事，让心灵变得平静，让精神变得澄澈。

【山中岁月悠长】

这里，能看到广西境内的喀斯特地貌。

原先只知道"桂林山水甲天下"，来到广西才惊觉：原来这里就是一个大桂林，有着丰富的熔岩溶洞、天坑和竖井等地形地貌，而且更自然更纯朴。

经幽诡如虚的塔梯石阶下行至天坑谷底，听瀑水，观神秘悬棺；于宁静湛蓝的巴马体验身处地心的神奇和长寿之乡的安逸。

致大山

在刚从亿万年沉睡中醒来的水晶洞里惊叹"千年一吻"的奇观。在深翠的山中疾走。大自然用无形的纤指拨动春天的音符，起始于若有若无，细微而轻柔，再渐渐鲜明起来。没有一丝风，但清凉，自在，安详。耳聪目明，无思无虑地融入生机勃勃的大山里，无比快乐。

只想记住那些美丽的山峰、淳朴的农人，还有溶洞里晶莹剔透的石头。地上地下河流清澈纯净。那里没有任何污染，只有大自然自身在亘古的宁静黝黯中自我演变，而天光下的鸟儿和鱼儿，也都不识尘世烟火。

心里知道是真的喜欢上了这个地方。

登舟前往，不久便见于碧绿水上的山脚出现两个黑色洞口。

这河水在千山万谷中穿行，一到较宽畅的谷地平坝，便忍不住松动筋骨，甚至舒展出婀娜的舞姿，轻盈而随性，居然在天地间演绎出一个大大的"命"字，图腾一般。

【清虚翠微武当山】

湖北省十堰市丹江口境内，道教名山。

"武当"之名，道教的解释是"非玄武不足以当之"。

过去陆续去过一些道教名山，如龙虎山、茅山、青城山、齐云山、三清山、千山等，但像武当山这样的高大雄伟连环绵亘而又四通八达气象开阔的，却是仅此一处。且所有建筑皆依山傍崖，决不毁损山体，与自然十分契合。

晚餐后与道长漫步山径。在令人目盲的黑暗中，随着他的步态，放慢脚步。似乎不是在走路，而是极缓慢地移动而已。

这时，身体很自然地放松，没有任何压力和目的，心绪平静。空气清新而湿润，路畔草蛉细吟，人像沉没在最纯净的清泉中。大山隐在黑里，远山在天边略微有光，近则全黑。一种前所未有的感觉油然而生，这就是道家的清虚境界了吧？

次日登武当之巅天柱峰。沿途不仅乔木高耸，还有藤萝和灌丛，"细大翁郁，紫翠相参，蔽亏掩苒，熏昼凝岚"，更兼岩下涧溪欲断还连，泉声幽咽，一路行来，好不畅快。

我偏爱此山，不仅因其山形特秀异于众岳，植被优于众岳，更因经历了这山的清虚与翠微，便再难忘它的自然与天真。

在一天的迷茫中，请赐给我山丘般永恒的宁静。

高士隐修之地，总在常人难觅之所。

【走进人类的古老记忆】

东西连巴楚，南北分江汉，神农架展示着农耕天堂的本来面貌。

　　神农架，东西连巴楚，南北分江汉，是殷商文化、秦汉文化、巴蜀文化、荆楚文化的汇集地，素有"华中屋脊"之称。

　　海拔三千米以上的高山总是雾锁云遮，此时亦是大雾弥漫。怀着难见神农谷绝景的心理准备站在山口，久久。不可思议的奇迹在不动声色中开始发动。先是乳白的云雾逐渐变淡，山崖逐渐显现，然后崔巍峻秀的高崖参差出现，青葱娟细的植物附岩展颜，万丈深谷露出真容。对面的垭口处，连峰接岫杂以烟云，如眉棱生紫，亿万年来形成的亘古地貌纤毫毕现。

　　目不转睛间，又见棱层喷云，岚烟四起，万丈峻岩婷婷然如涤清波，袅袅然如披白锦，祥云瑞气又复弥漫，直至天地与群山重又消弭于无形无边的白雾之中。

颇似高人修炼的全过程，由混沌冥无到静而生动，由炼精化气到炼气化神，又由炼神化虚到复归无极，端得玄极妙极，天地恰如一幅瞬息万变的大写意泼墨图，于杳冥中方露端倪，又复归于虚无。

那个"仙"字，不就是人在山里吗？

还有道家的天人合一观，胎息思想，"虚怀若谷"，中华民族哲学的源头，不也就在这样的大林丘山，云烟深处酝酿发育的吗？

这是一种与大自然同在的祖宗崇拜。

很中国。

神农架是原始山川和人类的古老记忆。

云雾缭绕的板壁岩，简直就是奇山异岩怪石的迷宫、古冰川的博物馆。

沟谷深切，落差很大，峡内泉流激溅，瀑布鸣响，空气中飘浮着丰富的水分子。

神农雕像牛首人身，双眼微闭，似睡非睡地矗立在群峦围环下的高坡上。

山林湿漉漉绿茵茵的，陈柯不剪，最为幽翳，连树干上都长满了苔藓。

【登宝林见菩提】

广东韶关境内，佛教圣地南华寺坐落在宝林山中。

六祖惠能的道场——南华禅寺静立于一片明净的山水间，水名曹溪，山名宝林。寺后山坡下有卓锡泉，是当年六祖浣洗袈裟的清泉。祖殿则供奉着惠能真身。

这个本为农夫的和尚，何以石破天惊，独登祖座？

以"人即有南北，佛性即无南北，獠身与和尚不同，佛性有何差异？"之答语，在初偈五祖时便显露慧根。

以"菩提本无树，明镜亦非台，本来无一物，何处惹尘埃？"一偈，而得禅法继衣钵。

以"不是风动不是幡动而是心动"破题，昭示禅宗六祖横空出世。

菩提树，菩提心

均是一语道破天机。

原来，佛学不仅是理论，是知识，更是智慧，是切切实实的体验，须用心悟出来的。

惠能归曹溪说法三十七年，其得法弟子四十三人，形成河北临济、湖南沩仰、江西曹洞、广东云门、南京法眼禅宗五派法脉，一花开五叶，佛法惠十方。

那天，眼前的曹溪宝山林俊秀青润，纤尘不染，令人追思千年之前，云烟深处无人知晓的时光。那时，满山的葱郁苍翠都在等候，等候祖师降临的那一刻，满溪的湍急清流也在歌吟，歌吟中国佛教的祖庭终将诞生于斯。从此，万千溪流归大海。

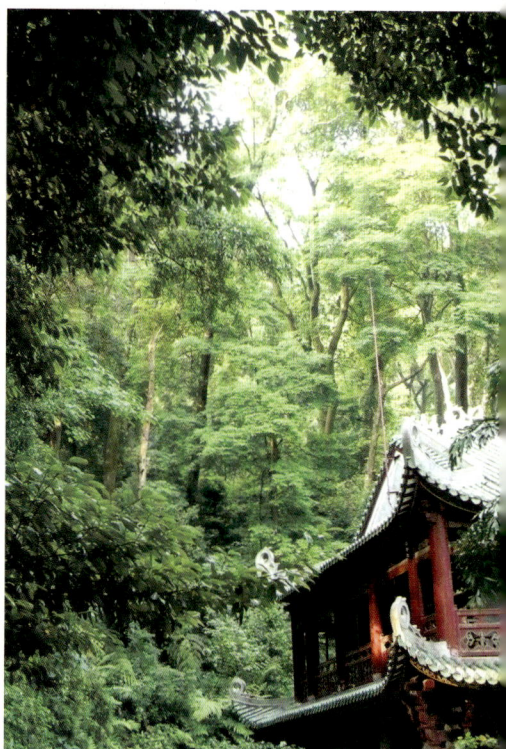

寺后山坡下有卓锡泉，当年六祖浣洗袈裟的清泉，至今流淌。还有九株古老的水松，枝叶繁茂，直插云天。

虚云纪念堂。他这片飘逸潇洒的云，在六祖的召唤下停留在了曹溪宝林山。

横亘粤桂湘赣边的南岭山脉，自东而西有大庾岭、骑田岭、萌渚岭、都庞岭、越城岭，位居群龙之首的大庾岭便是梅岭古道所在地。

梅岭最早的拓荒者是两千多年前秦末反秦大将军梅鋗，曾建南雄地区最早的古城堡，即古梅鋗城，成为当时沟通五岭南北的咽喉要地。唐代时玄宗手下左拾遗张九龄则开辟了今日所见的梅岭古道，宽一丈余，长三十多华里的山间大道两侧广植松梅。

漫步空寂无人的山道，在山林至纯的本色中独享心意恬适的惬意，偶遇隐于山间的"六祖寺"。一千三百多年前禅宗南归的传奇篇章在此衍化，静静的"卓锡泉"、"衣钵石"见证了中国佛教"一花五叶"的源流故事。

曾走过无数名人志士的梅岭古道，原来也是禅宗南归之路。

【梅关古道大庾岭】

江西和广东两省边境，中国南部山脉，"五岭"之一。

梅岭古关。

梅岭古道，禅宗南归之路。

致大山

梅岭古道还是一条流放者之路。苏东坡晚年时被贬谪岭南惠州，两度经过大庾岭

【在黔东南的群山里】

苗岭山脉在云贵高原南部的主要山脉，主峰雷公山终年雨雾缭绕不见顶。

舞阳河

山以水为血脉，以草为毛发，
以烟云为神采。

致大山

古人用"连山若波涛，奔凑似朝东"来形容苗岭的纵横雄姿，而苗岭又被苗人视作"慈祥的父亲"。常年雨雾迷蒙的主峰雷公山更被视作苗人的庇护神。

五千年前黄帝与苗族祖先蚩尤的"涿鹿之战"成就了苗人的聪慧坚忍，最终选择这片壑深林密之所栖息繁衍。

大山深处的人家勤劳而友善。炊烟、笑声、学校、陡坡之上阡陌纵横的田园，让人不禁想起晋人陶渊明的《桃花源记》来。只是苗族多于高山深谷之中建寨，常与云烟雨雾为伴，更显一种遗世独立冥然深遁的姿态。

在群山深处的镇远古镇舞阳河水边稍坐，身旁有摩崖石刻"天地一钓竿"几个大字，民国李烈钧所题。水轻盈，山默立，明月独步中天，夜空高旷悠远。

清晨雨雾中的雷公山，入夜山水相依的镇远古镇，都是千里苗岭深处的"桃花源"啊！

衡山自古是道家洞天福地，有道教三十六洞天之第三洞天——朱陵洞天，七十二福地之青玉坛福地、光天坛福地、洞灵源福地。

佛教两百多年之后登临，禅宗更在此山发扬光大。以南岳怀让禅师为首，经马祖道一发展而为临济、沩仰两宗。到如今，中国佛教已是"临济儿孙满天下"了。

那天直趋衡山主峰，海拔一千二百九十米的祝融峰。峰似擎天火炬直插云空，巅顶如束，仅一握。望月台建于巅西悬崖之上，人至此，几无立锥之地。前临虚空，足如踏云。巅东又有观日台。此万丈之危，方寸之地，只合相伴日月。登高凌虚方知真个是清净乾坤，飘渺仙乡。

辞别祝融峰，穿过千年银杏树下的山中古寺，便遇著名的磨镜石，它见证了千年前南

祝融万丈拔地起，欲见
不见轻烟里。

岳怀让向马祖道一见机施教的过程。周边茂林修竹，终年翠绿，幽邃俊秀，清新自在。

在这样的深谷静壑之中，四季风物在山间寻常走过，轮流交替。人在此只觉宁馨美好，安稳亲切。无处不在的绿，如碧水将人轻拢漫浸，教人一时忘其南岳至尊，忘了此山远看势若飞动，欲游天宇。

松石前盟，南山比寿。

千年银杏的见证。

【天之台，与谁同坐】

佛教天台宗和道教南宗的发祥地。

以"佛宗道源，山水神秀"闻名的天台山为名僧济公的故乡，佛教天台宗和道教南宗的发祥地。

最喜石梁飞瀑双涧争流，万年禅寺古风清雅，华顶峰上杜鹃争艳，国清寺前松涧深流。那铭刻在激流飞溅处天然巨石上的"法华晨光"四个篆体大字，更因带来大乘佛光的第一缕晨光而堪称世界之最。亘古不变的景物，都已深深烙进记忆。

总觉有一种气韵在此间不绝绵延，心里会莫名冒出一些词语，诸如心平气和、气沉丹田、气贯长虹、吾善养吾浩然之气……都和那么一股"气"有关呢！

"与谁同坐？明月清风我。"东坡先生的诗句浮上心头。

未登天台山，先去谷底看石梁飞瀑。

晚间路随山转。灯光照处，仅前方几尺宽的路面大白，两边群山如黑色莲花连绵不绝，似正将说不尽的秘密，娓娓道来。

且在这特殊而广袤的时空里，静静倾听天台之心无声的诉说。

到得谷底，便见一石横空，双涧争流，大水从石梁之下一道
高达四十多米的峭壁上奔泻而下，气势极雄壮。黄色古寺高
踞侧崖之上石梁桥畔，名石梁方广寺，为五百罗汉道场。

溪床巨石滩中，有一方硕大的石印，中流砥柱般卧于激流飞溅处，上刻"法华晨光"四个篆体大字。这是一颗铭刻在天然巨石上的印章，堪称世界之最。

【洞宫清境何处觅】

福建境内。山中有巨石呈宫字状，故名。

就这么与洞宫山默默相守，
身静于杳冥之中，心澄于无
何有之乡。

世人以为通天之境，祥瑞多福，皆怀仰慕。洞宫山相传便是道教第二十七福地。

这片融奇峰、峡谷、怪石、瀑布、湖泊、异花异木为一体的僻远之地，虽只是天地鸿蒙之始的自然与平常，却因少了人为的过度干涉而显得清幽旖旎如脱尘仙葩。

山色清新葱郁，满世界的精气勃发。一切就是自身，在春阳的熏陶下升腾与互动。于峰顶俯瞰，碧波水库，如画田园，还有碧螺般浮在水上和尖角般兀立在谷野间的众山，全在明亮的阳光下闪烁纯净自然的光泽。

一片静默。通体光明。

就这么与洞宫山默默相守，身静于杳冥之中，心澄于无何有之乡。

偶见几处农舍，小小地一堆一撮嵌在山的皱褶里。是依偎在大山的怀里，而不是践踏和霸占了它们。

深峡溪谷中岩石上的那些神秘怪圈，是大自然还是天外来客的杰作，或者是先人们留下的密码？

虚云老和尚人生的最后一段时光是在云居山上的真如寺度过的，他的遗骨，也留在了这座山里。

云居山和真如寺素有"江右名山，千年祖庭"之誉，为唐代元和年开山祖师道容和尚夜梦五神人指示宝地而开基建院。今人观之，依旧山外有山，天外有天，奇幻秀峻，不可名状。

告辞诵经声如清水漫地的古寺，天色已转暗。下得山来，我一直遥望它，惊见这座在西南田野尽头盘址崔嵬，连毗浮隆的大山，并未很快消隐于暮色苍茫之中，而正迸发出极端绚丽多姿的万丈光彩。

重峦之上是广阔的天幕，绯红至殷红作底色，白云如练又如电，奔逸劲舞，疏忽万变，如羽裳，似飞瀑，恣肆泼洒，任意幻化。

"银练迷空，横拖直竖，目眩心骇"，故山以得名。

现在知道了，为何你叫云居山！

云顶田

百丈禅风：一茎一佛现，千茎万茎皆如来。

云居山，当一丸红日西坠，你捻亮了
手中的灯。

142
致大山

五老峰地处庐山东南，因并列五个山峰如五位老翁联袂并坐而得名，绵延数里，怪崖峭立，突兀凌霄，为道家天下第五十二福地。

青莲居士李白曾在山下的九叠屏旁筑书堂隐居达半年之久，醉舞莲溪畔，举首望五峰。见阳光照射时如铁壁镏金，称之为"青天削出金芙蓉"。

漫步山间，幽柯蔽林，杂花照涧。松下多灌丛，萝茑叶蔓，骈枝承翳，日月光不到地。杂木异草，盖覆其上。绿荫蒙蒙，朱实离离，不识其名，四时一色。

道狭草木长，雾露沾我衣。山径崎岖，只宜徒步。

无忧无虑，心自清凉。

白雾充塞山谷，弥漫虚空。偶尔
风动云移，雾霭时分时合，真是
云中仙乡。

锦绣谷

145

五老峰，青莲芙蓉

白居易在这片山野放歌："松门石磴，不通舆马。吾与尔披云拨水，环山绕野。"

【仰观三叠泉】

从海会镇往庐山去，青幽宽阔谷底的正前方，大群山脉拔地连天而起，左五老峰，右九叠屏，皆石骨嵯峨，如屏如城，削云大半。

九叠谷在五老峰与九叠屏之间蜿蜒向上。谷中大石累累，涧水奔流，两侧崖壁峭立擎天，怪石错列塞途，青障褐崖横亘数里。

抵达俗称石桌子的铁壁峰，便可仰观三叠泉了。只见最上端的瀑口处犹如天门豁开，水从天降，沿陡峭崖壁形成三级瀑布，落差共一百五十五米。

此水从大月山出，经五老峰皆跌落而下，如龙投渊，奔腾磅礴，从古至今，从不断绝。犹如人之心脏，方其生时，须臾不歇。

仰观三叠泉

仰观三叠泉，听瀑布在唱：我得
到自由便有了歌声。

九叠屏，突兀磅礴，穹窿入霄，
李白筑庐其下。

【康王谷可耕田，有奇泉】

庐山西南，一条狭长的坳地。

康王谷，山高、谷深、口窄，内里溪流美池、田园村舍，颇似陶潜所记桃花源之景。

过石关，遥见右侧山间半峰丛林之中有一泉奔悬而下，散落纷纭数百缕，斑布如琼帘，悬注三百五十丈，人称谷帘泉。

哦，它就是唐代茶圣陆羽评定的天下第一泉，第二泉在无锡惠山。

此水源自汉峰，下注于西筲箕洼，西行为花石崖所来，遂由洼顶湍怒喷涌，散为天雨，又下泻为康王谷内蜿蜒数十里的涧溪。古人称此水为烹茶之极品。

田园村舍，颇似桃花源中景。

遥见半峰丛林之中有一泉奔悬而下，
散落纷纭数百缕，斑布如琼帘，悬注
三百五十丈。

康王谷可耕田，有奇泉

康王谷在庐山西南，长约十多公里，是全山最大
的峡谷，有人居，可耕田。

所谓石门，是由天池、铁船两峰并峙，其状如门。大水自岭端天然缺口倾注而下，直泻深壑，形成白龙、乌龙上下两潭。

此石门大异于众山之景，乃巨石逶迤，中有石窟，圆如城郭，而陡峭，而中断，高达千寻，遮天大半；下视则深如地心，渺不可测。

待下到涧底，由下仰望，只见怒涛悬注，四邻绝壑，人如置身顶天立地的铁桶之底，来时路则似一线玉带悬崖，隐现于青障峭崖之上，直达天门般的石门。

瀑由天降，澎湃飞溅，轰轰如万人鼓。

石峰连绵对峙，一溪中分，涧内乱流怒石。此石门山石乃青紫云结成铁石者，皴法软密团圞，如香锦堆、铁云垛，虽峭壁数百丈，崭然斧削，但石叠如壳，层薄易剥，冰川遗痕历历，宛若画图。

对于庐山，既要出乎其外，又要入乎其内，方能致广博，察精微，感受大千世界各各不同的美妙。

每一段旅程都不是艰苦的跋涉，我爱它的全部过程，最终发现："生活的意义不在于抵达任何地方——而在于发现你在那里，向来在那里，已经在那里。"（《与神对话》）

路皆登陟，再回首，净土宗初祖惠远的讲经台已在下方山谷中了。

铁船峰真如铁铸一般颜色，与诸峰并肩耸立，俱从深潭周边拔地而起，极尽巉峭倾险摩云遮天之势。

瀑由天降，轰轰如万人鼓。有亭在侧。

153
万仞石城之门

【僰王山，飞雾洞】

深藏在寻常无法抵达的川滇黔交界处。

僰族生息之地。

僰（音bó）王山曾是僰人的桃花源，北宋时成为僰人抗击朝廷的古战场。它见证了僰人一次次的反抗，最终在明万历年间被镇压而消亡的悲壮过程。

走进这座山，缘于这段历史以无形之手拨动了我的心弦，召唤我走向它。

古道随悬崖缝隙下旋。下到飞雾谷谷底，只见一道巨大瀑布正在空谷中奔泻。另寻路直下瀑底洞口，黑不见光，只闻水声轰响。穿过洞口站在潭前，仰望从天而降的大水从巨桶般壁立的环崖正中倾倒而下，如白练悬墨，一泻到底。人在这水雾充斥、巨声激烈的"巨桶"绝底如置身地心。眼前没有任何色彩，只灰黑与灰白相淆，幽暗混沌，迷蒙难辨。

地老天荒，一片本真。

　　那落水洞周围的陡壁绝崖与阴绿的附生植物在瀑飞泉涌、岚气氤氲中翠微一片。洞侧上方山腰又有半圆形洞穴，如天窗一般，雾状气体从中逸出，凝聚在绿崖红岩间，与下方上涌的雾气相混涵，神秘莫测，梦幻一般。

　　无人的荒野深处竟有如此诡秘雄壮，寂寞悲怆的旷世绝境，此乃千古绝唱，令人莫名震撼，竟至失语。

　　这是一片还未被游人的泛滥泯灭了天真与朴素本性的自然之地。虽然已非满目葱茏的远古风光，但行走在绝壁夹缝间，仿佛正走进先人古老的世界，也走进，自己的内心深处……

155
樊王山，飞雾洞

迷人的桃花源。默然，寂静，相守，欢喜。

晨起，走进"秀甲天下"的峨眉山。

半山之下，云雾缭绕，雨丝霏霏，涧深谷幽，万壑飞流。上得高处，那平静、厚润，如丝绒般徐徐铺展开来的云海似把人托在了云天之间，缥缈若仙。

中国四大佛家名山中，五台山被称作"金色世界"，普陀山被称作"琉璃世界"，九华山被称作"幽冥世界"，而峨眉山则被称作"银色世界"。

南宋范成大把云海称作"兜罗绵世界"。"兜罗"是梵语，指一种能生长飘絮的树，此树恐怕只能在佛国里才存在，絮名兜罗绵，暗喻"银色世界"。

在金顶极目远眺，但见蓝天宽广。南望万佛顶，云涛滚滚，气势恢弘；西眺贡嘎山、瓦屋山，白雪皑皑，山连天际。

大道无名，长养万物。仙山佛国，惊鸿一瞥，是否亦能感染这天地之气，寓大爱于无形呢？

峨眉山"兜罗绵世界"。

致大山

峨眉山是普贤菩萨道场，金顶之上有座四面十方普贤金像，当仰望这座金色巨佛，亮丽蓝天下只有这座连台基通高四十八米的铜铸镏金巨佛在灿烂阳光下闪闪发光。

【大明山巅苇海如梦】

临安西部浙皖交界处，高山之巅千亩草甸一望无际。

群山深处，高峰之上，有一片千亩草甸，那里是朱元璋培育燎原星火的"井冈山"。

这是一处群山环抱的山巅盆地。盆地中间土层深厚，溪流潺潺，长满了半人高的芦苇。中午的阳光黄铜般镀在银亮透明的芦花之海上，周边低丘逶迤，绿意盎然，美不胜收。

顺着苇海中的羊肠小道一直往里走，有时溪水挡住去路，有时路被苇丛覆盖，感觉人是在海里泅渡。这"海"浩浩荡荡一直涌到远方山势拐弯的地方，转过弯去，盆地狭了许多，海在这里变成了河流，但仍然一眼望不到头。心里充满好奇，那尽头会是什么地方呢？

因了这芦海，从此以后，大明山那么多好地方，我都记不住了，唯独想念那高山之巅的千亩草甸。一念既起，心神即刻重返，总是那个画面：午后的秋阳黄铜般镀在银亮透明的芦花之海上，无边无际，美得如梦如幻。周边低丘逶迤，绿意盎然，溪水潜流于下，细细微微，清清浅浅，波闪阳光的碎片。谁敢相信，这片高山湿地竟是大明山雄壮的前峰那三叠龙瀑一泄千丈的发源之所呢？

万物初始之微，如风起于青萍之末，真是不可思议啊。

大明山巅苇海如梦

明妃七峰一角。岂止这七峰
窈窕峥嵘，山里到处都有"刺
破青天锷未残"的尖峰。

从山上的开山老店往下是天目最美的区域。树龄一万二千多年的古银杏、号称"冲天树"的金钱松和胸径一米以上的大柳杉群落卓然峻拔；青碧石峰如刀斧劈开的莲花台传为韦驮应化托住疲坠的高峰和尚而得名；狮子岩高峰禅修处，四周谷深岚翠，是高峰"棒喝"弟子断崖之处；中峰塔院为人称"江南古佛"的中峰和尚长眠之地；半山有据说为张道陵寝室的"张公洞"，绿芜杂生，炼丹的"丹池"则在洞西崖下……

这是一座禅山，古道由禅而起，巨树因禅而存。禅道悠长，巨树连绵，走在其中，有种说不出的完美之感。山和树成了绝配，早已浑然一体，地老天荒相伴相随。走进这座山，便走进了与自然融合的另一个世界，一个自由、解脱、空灵的世界，白日与黑夜都如此纯净悠然的世界，一个禅宗的世界。

什么是道？平常心是道。

禅是什么？禅是平常心。

西天目之巅

高峰命弟子断崖回答"万法归一,一归何处",将他打
落山崖。断崖抓住树枝挺立岩壁,发誓"七日不证则决
意离去",看生死于度外,顿悟:"大地山河一片雪,
太阳一出便无踪。自此不疑诸佛祖,更无南北与西东。"
临济宗"棒喝"之风,直逼人到要命处。

我的思想随着这些闪烁的绿叶而闪耀，
我的心灵因了这日光的抚触而歌唱；
我的生命因为偕了万物一同浮游在空间的蔚
蓝、时间的墨黑中而感到欢悦。

致大山

谷中有观音洞、地藏洞、罗汉洞、文殊洞和普贤洞。

除罗汉洞是平地窑洞，其余均为半山之上的天然岩洞。观音洞在蒙藏地区是很有影响的喇嘛庙，依山而建，洞内有清泉，状若天然巨缸，宽圆深湛。据说六世达赖仓央嘉措曾在此修行六年。文殊洞在半山腰，依洞建有小寺，在云雾缭绕中朦胧如幻。

长长的溪石滩在谷内随山脚蜿蜒，常见一丛丛小小的由卵石组成的尖锥体堆积其畔。那是玛尼堆，虔诚而善良的藏族真挚的心。

山谷有一种原始的空灵气息，朦胧、简约，又无所不现。这是一种宁静，宁静得纤尘不染；这是一种干净，干净得只袒露它自身。

观音洞壁画与石刻。

伐毛洗髓物本条瓷奥

劂心孱智尒霈浄聰明

文殊洞

去远山拾梦，又怕惊醒梦中的你。

七仙岭，烟霞缭绕，如众仙傲立。

　　夜幕下的绵长山脉像黑白的木刻画，在深黑山脉的反衬下，天空闪现微弱荧光，当视线向高空移去，突然看见一轮圆月悬挂于无限高旷无限空邈的中天。月亮周围的夜空如渗入蛋清，极透明薄白，几片黑云也被月亮镀上了银边。

　　夜空、山脉和明月联合上演了一幕宁静旷远的黑白大剧，没有主角，都是主角，看似无心，却蕴含无穷默契和深长意味。

　　天、月、山、人，原本就是一体。此时此刻，共同沉浸在充溢四周无所不在的清凉空气之中。

　　渐渐天微明，太阳将升未升，绵长的山际线清暝而稳固。一切清清淡淡，温温敦敦。山回环如抱又浅浅远远地延伸出长长的一脉，随着光线的转亮，日头升高，满目重新绿潮汹涌。

　　心境安定宁静，有种无声的快乐无所不在。这种感觉很久没有了，如今失而复得。

终于站在了七仙岭最
高处，四下皆空境

关门山的龙门峡，山间一道曲折幽深的峡谷，树木繁多，涧水萦流，环境静谧。

还未到霜降，枫叶均未转色。偶尔，万绿中有一簇殷红的五爪枫叶在阳光下鲜艳如血，虽只一星一簇，也让眼一亮。虽心存遗憾，却也并不怎么失望。大自然在任何时候都各有特色，一切随缘吧。

何况绚烂实际是凄美的外衣，它的底子是飘零。

山路隐隐约约向绿烟深处延伸，四处洋溢着让人迷恋的荒野气息。似乎有一种气场，那是一种幻景般的场，基调是朦朦胧胧的淡绿，似有轻烟在草丛林间弥漫，黑褐的山崖像淡雾中的巨轮略显轮廓。盘桓山间，有人从中体味出落寞，而我则颇能分享同处空谷幽静中的安详。

每次独行其间，身心俱化，人如融入云淡雾弥的青岚之中，若晃若定。

【关门山，龙门峡】

关门山在本溪境内。

173
关门山，龙门峡

枝是空中的根。
根是地下的枝。

天空，纯净大气中的白云洁白透明，如羽毛般轻盈悬浮。

只有重重叠叠的山，无丝毫人烟，原始而苍翠。白云大团大团浮于蓝色的半空，色彩对比明亮鲜活。

过了翠屏般的影壁山，绿谷又成连环的低山，溪流蜿蜒其中，又出现高高的玉米和金毯般的稻田，还有大片绿色的五味子，它们细小的果实殷红如丹。云朵给阳光照得亮晶晶的金色稻田上投下大团阴影。山路两侧的白杨树叶子细细碎碎，在阳光下泛出银白的光。

在这样的山间穿越，人会很开心，旅途的疲劳也总会让位于沉浸在独特境地时的快乐。

从沈阳到抚顺到新宾到桓仁，又从桓仁到集安再到通化，一步步，都在历史的隧道中通行。群山俊美如绿衣秀女，河涧清纯似逍遥玉龙，公路在千山万水中向前延伸。但这一路其实是在回溯，在穿越，在走向女真人、高丽人的来时路，从他们的今生走向前世。

曾在这里，他们壮怀激烈，
大地山川任驰骋。

秋，稻田金黄如毯，连绵山岭簇簇如花。山为高堆之土，土为木之基本，而万木之山，则为水之肇源，所以清水缭绕，依山而婉转。

正是秋收时节，大地透亮的金黄是比往昔在内地常见的稻熟之色更纯粹更鲜艳的那种纯黄。唯有阳光、空气、泥土和水的无比洁净，才会使滋生其间的万物之色如此纯净。

在广阔的田野与奔流的河流之外，又有众山环抱，因其远，不再是绿色，而与天光云霓相混淆，化为地平线上如黛青影。

这里是赫图阿拉，满语"横冈"的意思。努尔哈赤于1616年在这里称汗，定此地为大金汗国国都，从此拉开其一生中最辉煌时期的帷幕。

原本一片纯朴原始，安静祥和，平凡淡远的边地乡野，只因养育了一个名叫努尔哈赤的伟大的儿子，从此也将自己永远镌刻在了历史的长廊中。

皇陵

努尔哈赤"汗宫"一角，此天
池为宫内王室取水处。

长长的丘岭在日光下涠晕出一道淡青色的光带。沿着连绵光带中一条不起眼的通道，可进入大基山谷地。山峰，树林，流泉，灌丛，都在阳光下泰然自若地静立，似在默默沉思，有一种隐忍的尊贵和大气。

夕阳中的寒同山一片衰黄冬山的寂寞景象，全真道人于坚硬花岗岩巨石上历时十年凿建而成的神仙洞，为道家始祖修炼之地。

在云峰山清幽的山道中行走，山的一侧是幽深的山谷。阳光使树叶的海洋呈现无比优美的色彩，对面山峦也时时变幻奇妙的光影——我看到了晋代名士郑道昭眼中这山的本来面目。

前方，夕阳映照下的霞山连绵如波此起彼伏。山起东南，龙行虎踞，迤北而去是一望无际的大平原，在平原的尽头，雾霭迷茫的远方，就是浩瀚的渤海了。

那是母亲的大海。

蓬莱仙境的传说使我的眼前出现一个宏阔的画面，天空和大海各一半。蓝色的天空悬浮着大团云彩，在不断变幻形状，海面上时常出现缥缈的海市蜃楼，太阳与月亮轮番升降于波涛之中。神秘壮丽而永恒的大自然令人惊叹敬畏，更让拥有至高权力却只有凡人生命的帝王无限惆怅和神往。

　　将能走的地方尽走遍，行走的本身就是一种交融，可以忘却身外的一切，逍遥自在地沉浸在大山独特的气息里。

　　走在家乡山水间，也无欢喜也无悲，周遭只一片空明澄澈。

魂在山海间。

　　行至山之中途，回身已是半空。山谷对面群山耸立，云雾使山变成了浮在空中的岩崖，或横排，或直立，忽隐忽现，若有若无，有时完全隐没于苍茫太白之中，有时露出缥缈一角，如太虚幻境一般。随着海拔升高，云雾开始在四下弥漫聚拢，白帷将下方群山轻轻笼盖，人如行虚空中腾云驾雾。

　　绝顶只窄窄一方平地，四望白雾茫茫不辨身在何处，但已知是站在了燕山山脉直面渤海的最高点。

　　在下方那些被白雾消隐了的群山之上，有风格迥异的长城，有千里苍茫的大草甸，有宛若画境的白桦林庄，还有浩渺壮阔的渤海湾。虽然看不见它们，但知道，它们就在这片白雾的下方。

　　云雾升腾弥漫，是大海在拥抱高山。而在登山之初，我是被祖山无尽的绿紧紧地拥在了怀里。

致大山

我小小的心被你无尽的
绿层层包裹了起来。

我们向云雾飘荡的地方眺望，
眺望是一种青春的姿态。

又来到五台山，在她最美的时光里。

观海寺，一个蔚然深秀、空寂僻静之处。薄雾轻绕中的崖石清绝，苍松翠柏佳绝，空气清新凉绝。池只一泓，非真能映月，然池面如圆月，在这万斛绿波的心海里，静待有缘人来相会，如日月之交融。

藏池便是明月池。外池干涸，唯独这一眼碗口大小的水永不盈亏，盈出则溢渗，久旱亦不亏。又有阴历月终黑夜，"以纱帛障眼，下视泉水，或见月在水中"之奇闻，如同人人拜谒舍利，因机缘各异而所见不同。

五台环拱的台怀镇名胜荟萃，但我心欣然愉悦，不为那人来人往摩肩接踵的热闹，而为走向幽僻古寺时的清新与寂静。如同上一次，那静夜清月下悠长的栖贤谷，晨雾弥漫半崖中的观音洞，还有青黛大山如莲拱卫下的洞子村……总是那些隐秘而绝少人迹的地方，更天真自然又更秀丽神奇，令人一见倾心，久久萦怀。

雨中登五台最高峰，号称"华北屋脊"的北台，路途晦暗迷茫。山头寸草不生，唯觉荒凉；但巨大山川在迷茫混沌中呈现博大精深的壮美，荒寒中有一种不容近亵只能远观的尊严与神秘，寂静空旷冷峻。

大山巍然不动，我们不过是匆匆过客。

沧海月明珠有泪，蓝田
日暖玉生烟

【昂山遇故人】

浙江龙泉城西锦溪镇境内，海拔 1254 米。

"溪声、涧声、竹声、松声、山禽声、幽壑声、芭蕉雨声、落花声、落叶声，皆天地之清籁，诗坛之鼓吹也。"

明人之论声韵，用在山里恰到好处。

从山顶鹰嘴岩俯瞰，好一片山河大地！前方绿色峰谷如浪耸起，如巨幅丝织大画一般。昂山如龙如凤迤逦波动，与绿色世界相舞相戏。正午日头下氤氲如画的远山近山，看去都成了光灼闪烁的透明体。古人所说致虚极，守静笃，空旷虚无而又绵绵不绝的境界，大致就是如此吧。

旧县志云："唐尧化间，本山有德昭居此。"这德昭，是禅宗法眼宗二祖，曾经到过苏州的穹窿山，我在《吴山点点幽》中有所记录。此时在昂山邂逅故人，瞬间有时空交错

这山尚未经大面积开发与包装，保留了相对古老原始的状态，呈现出一派素朴本色。虽远隔尘嚣，却绝非死寂之地，反倒声韵十足，野趣满目。

之感。

现在每想起昂山，便会重见一幅永恒的画面：众山如聚，天光无处不在，峰峦在近处通体葱绿，而在远处则显灰蓝，如巨鲸横浮于半空，并在无数光点的闪烁下变得通体透明，似正在阳光下融化。

"通玄峰顶，不是人间。心外无法，满目青山。"

千年之前，还是徒弟的德昭对法眼老始祖这么说。

千年之后，高天广宇之下的山野依旧温暖芬芳，从容淡定。

德昭遍访名山，随时参禅，
早已亦道亦佛，难分彼此了。

初秋的浙中山林仍在绿色夏梦之中，天朗气清，万物开阔而舒展，如人意收放自如，又不失脱温顺淡定。

从山势崔嵬巨石中分的石门峡进入牛头山，断崖、峭壁、险壑挺立如墙，试图将整个天空填满。上到高处，只见千米以上的山峰林立，路嵌在壁立的高崖之上，越上越奇。苍茫群山之上，又有牛头山天师峰一柱独高，雄奇险绝，垂拱于虚空之下。

经悬桥攀石梯登上天师峰顶。天空宏阔无垠，远方的低山与峡谷，融入无极之光的广袤原野，隐约有一种缥缈悠远空灵的东西在升腾，玄妙而神奇，是无声之声，无象之象？

自然之"道"原来如此，坦坦荡荡，无处不在，无所不包，触目皆现，欲辨又无。

峛峒山与大红岩，浙中的另一片奇山异水。

《尔雅》曰"北戴斗极为空桐"，人们将北斗星之下的大片山地称为峛峒。莫看它巍峨壮观庞然大物，走近才知它通体剔透布满七窍玲珑心呢。

时近黄昏，空山无人，愈显高山幽邃，妩媚之极。

忽见一道绿色斜坡的缺口处夕阳明灭。峰回路转，又见远山如涛，显现于云霄之间，却犹抱琵琶半遮面，瞬间又隐入落霞，天空愈发清淡。近崖红褐灌丛墨绿，众山轮廓渐渐浅淡，远方的山脉只余弧形线条，半融于天空之中，犹如幻影。

此时，巨屏般的大红岩突然挡在了面前，暮霭中殷红一片。仅只这一横，人就只知大红岩，不知峛峒山了。

大红岩

崆峒山

天师峰

先上月峰，巅顶石壁上有天然漏月洞，视线穿过此洞可看到对面高耸的日峰和宽阔如削的巨大石壁。

正值傍晚时分，日已落，月未升，明暗交替，清气一片。心里却已"看到"洞与月相伴时，那一片清辉下的绝妙图景，"风生石窟穿云出，月到崆峒倩魄安"。崆峒，空洞也。

再从对面日峰返望月峰，薄雾弥漫，暝色混沌，山影绰约。窅然空静中，相对两无穷。

多么奇妙啊，两峰相隔如此之远，却能以视线相互洞穿。中间空洞鸿蒙，青绿混涵，峰头历历任纵横。

走在狭窄山脊上，四望虚空峻极，山山如披鳞甲。满山的奇石，远近高低各不同。耸立冈顶的，都化作映于苍穹之上的巨大石影，而山间的石柱石屋石笋，也都各有各的神奇。

尤其山谷之中冒出一座灵芝状石头，惟妙惟肖，真可谓"千年修得玲珑身，亭亭一株出土来"。

别开生面是天然。

安徽繁昌县西南郊。

【生风穿云，别开生面】

千年修得玲珑身，亭
亭一株出土来

阅山无数的徐霞客，对黄山极尽赞叹之辞："薄海内外，无如徽之黄山，登黄山，天下无山，观止矣。"

三十多年前初登黄山。

那是我第一次出远门，只为一座山。第一次深入群山，到处有清澈的水，在条条峡谷中奔流，迎面吹来凉爽的风。

经过令人目骇神摇的天都峰"鲫鱼背"。万丈深渊的对面，是壁立的峭壁断岩，峥嵘的峰林石罅，气势博大壮美，给人无言的震撼与欢喜。

我第一次体验崇高之美。

多年之后的一个冬日清晨再登始信峰。身畔下方，灰雾填满万丈深谷，只隐约显露悬崖峭壁。满山的黄山松身披雾凇和冰挂，迷蒙一片中均冰雕玉琢。天地晶莹剔透，白玉一般。

一直静默地坐在那方伸出峰体的悬崖边上，如老僧入定，面对虚空，无欲无求。置身这琉璃界、水晶宫，深深地呼吸，将清凉之气吸入心扉，用纯净洗涤肺腑。

岂有此理，说也不信。至此方知，真正妙绝。

始信峰。必置身于此，始信黄山集天下奇景于一身，始信何谓"观止"。

走了那么远的长路，只为向
你打一声招呼。

图书在版编目（CIP）数据

致大山 / 杜国玲著. —上海：文汇出版社，
2012.11
　ISBN 978-7-5496-0719-8

　Ⅰ．①致… Ⅱ．①杜… Ⅲ．①散文集－中国－当代
Ⅳ．①I267

中国版本图书馆CIP数据核字（2012）第246265号

致大山

著作权人 / 杜国玲

责任编辑 / 陈雪春

装帧设计 / 周　丹

出版发行 / 文匯出版社

　　　　　上海市威海路755号

　　　　　（邮政编码200041）

印刷装订 / 苏州工业园区美柯乐制版印务有限责任公司

版　　次 / 2012年11月第1版

印　　次 / 2012年11月第1次印刷

开　　本 / 787×1092　1/16

字　　数 / 30千

印　　张 / 13.625

ISBN 978-7-5496-0719-8

定　　价 / 89.00元